# UN ROBOT M'A FORCÉ À MANGER DU CHOU

**Michael Broad** vit à Londres. Lorsqu'il était enfant, il passait le plus clair de son temps à regarder par la fenêtre et à imaginer de folles aventures. Aujourd'hui, il invente toujours des histoires, mais, au lieu de regarder par la fenêtre, il les écrit et les illustre.

*À mon ami David.*

Ouvrage initialement publié par Puffin Books,
un département de Penguin Books Ltd,
sous le titre *Jake Cake : The Robot Dinner Lady.*

Dépôt légal : mai 2012
ISBN : 978-2-7470-3179-0
Maquette : Fabienne Vérin
Loi n° 49-956 du 16 juillet 1949
sur les publications destinées à la jeunesse.
Imprimé en Allemagne par CPI-Clausen & Bosse

# Rémi Clafoutis

# UN ROBOT M'A FORCÉ À MANGER DU CHOU

**Michael Broad**

Traduit de l'anglais (Grande-Bretagne)
par Thomas Leclere

bayard jeunesse

Cher lecteur,

C'est moi, Rémi Clafoutis, qui ai conçu ce livre. J'en ai écrit les textes, fait les illustrations, et ça m'a pris un temps fou.

J'y raconte les incroyables aventures que j'ai vécues. Des aventures tellement incroyables que, forcément, quand j'en parle, les gens refusent de me croire. Dès que je raconte aux adultes ce qui m'est VÉRITABLEMENT arrivé, ils secouent la tête en disant : « Arrête de mentir, Rémi, ou ton nez va s'allonger ! »

Mais je n'invente rien. Tout ce qui est noté dans ce livre est vrai. Ça m'est RÉELLEMENT ARRIVÉ !

# UN ROBOT M'A FORCÉ À MANGER DU CHOU

**Une première histoire incroyable (mais vraie) signée**

Rémi Clafoutis

Chaque jour, à l'heure du repas, l'une de ces deux odeurs se glisse sous la porte de la classe : celle des frites – délicieuse ! – ou celle du chou, qui sent le pourri.

Si c'est celle des frites, on sait qu'elles seront accompagnées de steak, de poisson pané ou de pizza. Mais, si c'est celle du chou, alors ce sera du hachis, du foie ou… rien que du chou, pour ceux qui n'arriveront pas assez tôt…

Ce jour-là, c'était chou. Pas de quoi s'étonner, vu que c'était le cas tous les jours depuis deux semaines ; j'en avais déjà presque oublié l'odeur des frites !

La responsable de cette catastrophe était Mlle Brown, la nouvelle dame de service. Depuis son arrivée, quinze jours plus tôt, pas une frite n'était sortie des cuisines.

La cloche annonçant l'heure du déjeuner a sonné, ce qui a provoqué un concert de raclements de pieds de chaises sur le sol. À la pensée d'une nouvelle assiette de bouillie verdâtre et fumante, j'ai gémi de désespoir. Je me suis affalé sur ma table en signe de protestation…

– Rémi Clafoutis ! a alors crié Mme Winter. Tes batteries sont-elles à plat ?

– Non, madame, ai-je répondu en relevant un peu la tête.

Mme Winter est notre prof de sciences. Si mes batteries avaient été à plat, elle en aurait été la première informée, et elle m'aurait probablement branché sur le secteur par les oreilles pour me recharger…

– Bien, a-t-elle repris en griffonnant frénétiquement sur son carnet. Tu vas donc pouvoir apporter cette note à Mlle Brown…

Elle a arraché une feuille et l'a agitée devant elle en terminant sa phrase :

– … immédiatement !

Lorsque je me suis traîné jusqu'à son bureau pour prendre le petit mot, j'ai remarqué qu'elle arborait un sourire malicieux.

J'ai compris pourquoi quand j'ai quitté la salle de classe…

Mme Winter avait écrit :

*Chère mademoiselle Brown,*

*Pourriez-vous, s'il vous plaît, servir à Rémi Clafoutis une double ration de chou, et veiller à ce qu'il termine son assiette ? Ce garçon semble affreusement fatigué, aujourd'hui ; il a besoin de manger davantage de ces délicieux légumes verts.*

*Sincèrement,*

*Mme Winter*

*P.-S. Rémi, c'est très mal de lire le courrier des autres !*

J'aurais dû me méfier de Mme Winter… C'était elle, déjà, qui m'avait puni pour avoir affirmé que des cavaliers sans tête jouaient au polo sur notre terrain de football. (Je n'avais rien inventé, c'était vraiment arrivé ! Mais je vous raconterai ça plus tard…)

À la cantine, les élèves rejoignaient leurs tables avec leurs rations de légumes verts ; tous affichaient le même air dégoûté.

Mlle Brown trônait près d'une immense marmite de chou et déversait joyeusement ses feuilles vertes et molles dans les assiettes. Elle était très grande et très grosse ; on aurait dit un tonneau avec une robe.

Je lui ai tendu le mot de Mme Winter en soupirant.

– Encore du chou ! s'est-elle exclamée, tout excitée.

Elle a vidé sa louche géante dans mon assiette.

– Encore du bon chou !

Je l'ai remerciée en marmonnant ; j'allais m'éloigner, mais Mlle Brown a retenu mon bras et l'a serré comme un étau.

– ENCORE PLUS DE CHOU ! a-t-elle grondé en continuant à me servir.

Elle a rempli mon assiette d'une montagne végétale jusqu'à ce qu'elle déborde, et ne s'est pas arrêtée pour autant. Feuilles vertes géantes striées de veines blanches… Feuilles jaunâtres, molles et gluantes… Énormes branches qui craquent quand on mord dedans…

Le chou sous toutes ses formes les plus répugnantes atterrissait dans mon assiette, et dégoulinait sur le sol en un flot vert écœurant.

Mon assiette était si lourde qu'elle vacillait dangereusement au bout de mon bras. Alors que je m'efforçais de la stabiliser, j'ai remarqué que Mlle Brown l'observait, comme hypnotisée par les mouvements de ma main.

Subitement, la dame de service a encore resserré sa prise sur mon bras et a accéléré la cadence de sa louche. Le seul moyen de lui échapper était de mettre en pratique ma « technique de l'assiette ». Je risquais de me créer des tonnes d'ennuis, mais que faire d'autre ? La détermination que je lisais sur son visage ne me laissait pas le choix : si je n'arrêtais pas Mlle Brown tout de suite, j'allais finir noyé sous une déferlante de bouillie végétale !

J'ai respiré profondément et j'ai balancé mon assiette derrière moi.

La dame de service a suivi sa trajectoire avec des yeux écarquillés. Puis, soudain, elle a lâché mon bras et bondi au-dessus de ma tête, à la poursuite du projectile.

Elle a fait un bond d'au moins deux mètres de haut !

Je m'attendais à entendre le *crac !* de l'assiette se brisant sur le sol, le *splash !* du chou qui se répand sur le carrelage, ou le bruit sourd de Mlle Brown s'étalant par terre. Mais je n'ai entendu qu'une voix furieuse qui a mis fin à toutes les discussions :

– Rémi Clafoutis ! QU'EST-CE QUE TU VIENS DE FAIRE ?!

Tous les élèves étaient tournés vers la scène, bouche bée.

Ce n'était pas Mlle Brown qu'ils regardaient, mais Mme Winter, debout au milieu de la cantine avec mon assiette de chou renversée sur le sommet du crâne !

Gloups !

La prof de sciences a lentement retiré l'assiette de sa tête et nettoyé son visage couvert de verdure molle.

– Rémi Clafoutis, a-t-elle répété d'une voix calme, terrifiante de froideur, je t'invite à aller m'attendre dans ma salle de classe.

En quittant la cantine, la tête basse, j'ai jeté un coup d'œil en direction de Mlle Brown. Celle-ci était en train de contempler sa louche d'un air perplexe. Personne ne lui accordait la moindre attention, ce qui signifiait une chose : tout le monde avait vu l'assiette volante, mais personne n'avait vu la dame de service volante ! Donc, personne ne me croirait quand je raconterais le bond surhumain que Mlle Brown avait fait !

Je me suis installé à ma place dans la classe de Mme Winter et j'ai essayé de mettre de l'ordre dans mes pensées. Il se passait quelque chose d'étrange avec Mlle Brown. Aucune dame de service normale ne pouvait être à ce point accro au chou ! Et aucune, même la plus sportive, n'était capable de sauter au-dessus d'un élève !

Bientôt, j'ai entendu des pas nerveux approcher dans le couloir, et mon cœur s'est mis à battre plus vite.

« La prof doit être vraiment fâchée pour faire un vacarme pareil ! » ai-je frémi.

Puis, quand les pas ont été tout proches, que les chaises et les tables ont commencé à trembler, je me suis dit que ce n'était peut-être pas Mme Winter…

La porte a volé en éclats, et Mlle Brown est apparue sur le seuil de la pièce, sa louche dans une main, une assiette dans l'autre et une hotte pleine de chou accrochée dans le dos !

– Rémi Clafoutis, encore du chou ! a-t-elle grondé.

Elle a déboulé dans la salle comme une furie, arrachant l'encadrement de la porte.

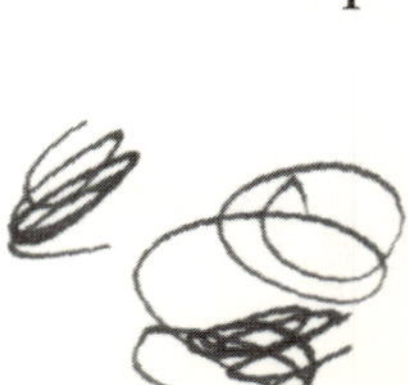

J'ai bondi sur ma chaise en hurlant.

Je ne pouvais m'enfuir nulle part. J'étais prisonnier de la salle de classe, à la merci d'une dame de service monstrueuse et complètement cinglée !

Mlle Brown a attrapé une louchée de chou par-dessus son épaule et a rempli l'assiette avec un grand *SPLASH !* Puis elle a foncé droit sur moi en lâchant son cri de guerre :

– ENCORE DU CHOU ! ENCORE DU CHOU ! ENCORE DU CHOU !

J'ai trébuché jusqu'au fond de la classe, la dame de service sur mes talons. Je me suis retrouvé dos au mur, coincé.

– Encore plus de chou pour Rémi Clafoutis ! a hurlé Mlle Brown avec un sourire sadique, en faisant un dernier pas vers moi.

Alors son pied s'est posé sur une feuille verte et gluante, et son sourire s'est transformé en un bizarre froncement de sourcils. Et, pour la deuxième fois,

l'énorme dame de service s'est retrouvée dans les airs !

Elle a exécuté un drôle de salto dans un nuage de feuilles de chou avant d'atterrir sur les fesses. Non pas avec un bruit sourd, comme on pouvait s'y attendre, mais avec un *CLANG !* retentissant.

J'ai retenu mon souffle, ne sachant que faire. Mlle Brown était laide et effrayante, elle défonçait les portes, et pourtant je dois avouer que j'étais inquiet pour elle. D'ordinaire, quand quelqu'un tombe, vous essayez de savoir s'il s'est cassé quelque chose ; là, le bruit qu'avait fait la dame de service laissait penser qu'elle s'était plutôt… *cabossé* quelque chose.

– Ça va, mademoiselle Brown ? lui ai-je demandé en approchant prudemment.

– Bzzzzz…, a-t-elle répondu.

– Vous vous êtes cabossé une jambe ? ai-je encore tenté en me penchant au-dessus d'elle.

– Vrrrrr…

– Vous voulez que j'aille chercher l'infirmière ? ai-je insisté en m'accroupissant.

Mlle Brown a produit un léger *bang !* Des étincelles ont jailli de ses oreilles, sa tête s'est détachée de ses épaules et est tombée sur le sol avec un grand *CLANG !*

Je me suis précipité vers la porte en hurlant :

– Aaaaaaaaaah !

J'étais à peine à mi-chemin quand je me suis raisonné : les têtes, pas plus que les fesses, ne font *CLANG !* en heurtant le sol. (C'est une observation scientifique que Mme Winter aurait été ravie d'entendre si je ne l'avais rendue furieuse en lui lançant une assiette de chou sur le crâne.)

Convaincu que seuls les objets en métal faisaient *CLANG !*, je suis retourné auprès de la dame de service. J'ai attrapé sa tête, je l'ai examinée, puis j'ai tapé dessus avec la louche : *CLANG ! CLANG ! CLANG !*

Mlle Brown était un robot ! Une authentique machine qui avait besoin d'huile pour fonctionner !

Deux possibilités s'offraient à moi. Soit je laissais la « dame-de-service-robot » où elle était, sans tête, et je risquais d'être puni pour l'avoir cassée et de m'attirer un tas d'autres problèmes. Soit j'essayais de la réparer pour que Mme Winter ne s'aperçoive de rien.

J'ai repéré une paire de fils électriques qui sortaient du crâne de Mlle Brown. Je les ai connectés à son corps et j'ai replacé sa tête sur ses épaules.

Sa bouche et ses paupières se sont ouvertes avec un drôle de *clic !*, mais la dame de service est restée muette et immobile. Je l'ai frappée de nouveau avec la louche. Ma mère tape sur la télé quand l'image saute, et en général ça marche ; seulement, avec le robot, ça n'a pas fonctionné.

Comme je continuais à tapoter sur la tête de Mlle Brown, j'ai senti une présence dans mon dos. Mme Winter se tenait sur le pas de la porte – ou ce qu'il en restait – et me regardait faire. Son visage exprimait un mélange de confusion et d'horreur.

– Ce n'est pas ma faute ! me suis-je défendu. Mlle Brown est un robot ; c'est elle qui a défoncé la porte. Elle a glissé sur un morceau de chou, et puis sa tête est tombée par terre et je la lui ai remise et…

Mme Winter a balayé mes excuses d'un geste de la main. Elle a sorti des outils d'un tiroir de son bureau et s'est approchée de moi à grands pas.

– Si quelqu'un devait nuire à Mlle Brown, c'était forcément toi, Rémi, m'a dit mon professeur de sciences en dévissant un panneau métallique dans le dos du robot.

– Vous saviez que c'était un robot ! me suis-je exclamé.

– Bien sûr que je le savais ! m'a lancé Mme Winter. J'ai passé ces cinq dernières années à la mettre au point.

Elle s'était mise à trifouiller dans le dos du robot.

– Oh…, ai-je dit, faute de trouver mieux.

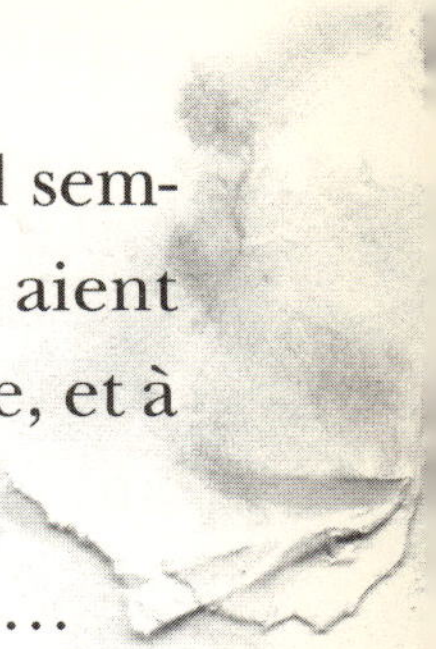

– Hélas, a enchaîné Mme Winter, il semblerait que quelques feuilles de chou aient suffi à mettre son système hors service, et à la rendre folle...

– Je croyais que c'était de ma faute...

– Tu l'as poussée à sauter par-dessus ta tête, ce pour quoi elle n'était pas vraiment programmée..., a répondu la prof de sciences en fronçant les sourcils. Mais, non, je suppose que ce n'est pas ta faute. Quelque chose a dû se coincer dans son système.

Mme Winter a extrait un petit circuit imprimé d'où partaient des fils multicolores. Elle a promené son doigt à sa surface jusqu'à ce qu'elle trouve ce qu'elle cherchait.

– Ha ha ! s'est-elle écriée, satisfaite.

Elle a tiré sur une fine lamelle végétale et l'a étudiée en détail.

– Des années de travail sabotées par un minuscule morceau de chou..., a-t-elle gémi avec un sourire dépité.

– Vous pouvez la réparer ? ai-je demandé, inquiet.

En fin de compte, un robot dame de service était une invention plutôt géniale.

– Bien sûr, a acquiescé Mme Winter en me faisant signe de l'aider à traîner Mlle Brown jusqu'au placard. Mais ça ne servirait pas à grand-chose, car d'autres morceaux de chou se coinceraient sûrement dans son système. Les robots sont très sensibles, tu sais…

Comme elle refermait la porte du placard sur la pauvre dame de service, j'ai eu une idée.

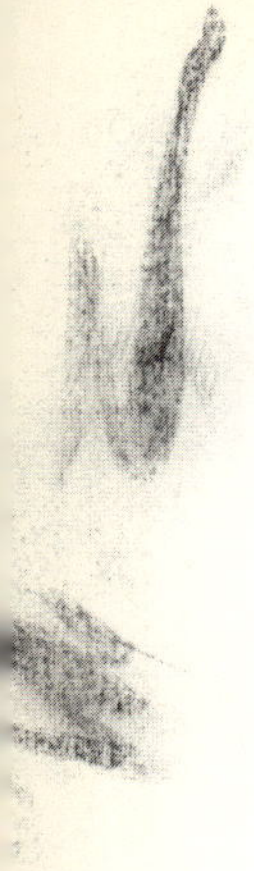

– Vous pourriez peut-être programmer Mlle Brown pour qu'elle cuisine autre chose… Quelque chose de moins… gluant ? ai-je suggéré en veillant à dissimuler mon enthousiasme.

Les adultes deviennent suspicieux quand vous êtes trop enthousiaste ; c'est pourquoi il faut toujours garder un air indifférent.

– Des frites, par exemple, ne pénétreraient pas dans ses circuits, ai-je continué avec innocence. Mais Mlle Brown n'est peut-être pas assez… intelligente pour préparer des frites.

– Pas assez intelligente ? a glapi Mme Winter, outrée par mon hypothèse.

– Eh bien, les frites sont plus difficiles à cuisiner que le chou. Probablement trop pour un simple robot…

– Un simple robot ? s'est emporté mon professeur. Je serais tout à fait capable de programmer Mlle Brown pour qu'elle prépare des frites parfaites, si je le voulais.

En une enjambée, elle s'est déplacée jusqu'au tableau, et elle s'est mise à dessiner des diagrammes censés le prouver.

Alors qu'elle gribouillait nerveusement des signes incompréhensibles, en faisant grincer sa craie, je ne pouvais m'empêcher de sourire. La recette des frites était une

formule complexe, et Mme Winter avait bien du mal à la trouver…

Les jours suivants, la prof de sciences avait les yeux cernés, comme si elle manquait de sommeil (apparemment, c'étaient ses batteries à elle, qui étaient à plat…). Quand enfin une délicieuse odeur de frites s'est glissée sous la porte de la classe, j'ai deviné pourquoi : Mme Winter avait passé ses nuits à programmer Mlle Brown pour qu'elle prépare des frites parfaites ! Elle l'avait aussi programmée pour qu'elle ne cuisine plus de chou, afin d'éviter un nouvel accident. Et, comme rien d'autre ne s'est coincé dans ses circuits depuis ce jour, Mlle Brown n'a plus jamais eu aucun problème. Ce qui est bien dommage, car personne ne me croit quand j'affirme que notre dame de service est en réalité un robot.

On me répond juste : « RÉMI, SI TU CONTINUES À MENTIR, TON NEZ VA S'ALLONGER ! »

À vrai dire, je m'accommoderais fort bien d'un long nez, à condition que ce soit l'odeur des frites qui continue à se glisser dedans…

# UNE DOUZAINE DE PETITS GNOMES ONT DÉVASTÉ MON JARDIN

**Une deuxième histoire incroyable (mais vraie) signée**

Rémi Clafoutis

Au fond de notre jardin, il y a un abri que j'appelle le QGRC : le Quartier Général de Rémi Clafoutis. C'est mon repaire privé, où j'écris et illustre toutes mes histoires, et où j'archive les preuves que mes aventures me sont bien arrivées.

Le QGRC est l'endroit que je préfère au monde. Les adultes n'y sont pas admis, et mes parents respectent la règle ; ils disent que ça m'occupe.

Je passe tout mon temps libre dans le QGRC, sauf le samedi matin. Le samedi matin, je regarde la télé, parce qu'il y a des tas de programmes super pour la jeunesse.

Un samedi matin, justement, maman est entrée dans le salon et s'est plantée devant le poste, munie d'un seau et d'une paire de gants de jardinage.

– Ne devrais-tu pas plutôt être dehors, par ce beau temps, mon chéri ? m'a-t-elle demandé gaiement.

– Non, merci, ai-je répondu en me penchant sur le côté pour voir l'écran.

– Même pas pour faire un peu de désherbage et plaisir à ta maman adorée ? a-t-elle ajouté, pleine d'espoir, en se déplaçant pour me cacher de nouveau la vue.

– Non, vraiment, ai-je dit. Et j'ai tendu le cou dans l'autre sens.

Je sentais que ma matinée télé allait me filer entre les doigts.

– Même pas si je te paie ? a insisté maman.

J'ai levé les yeux vers elle avec un froncement de sourcil intéressé.

Comme je vous l'ai dit, je passe la plupart de mon temps dans le QGRC. Et parfois j'ai besoin d'argent pour acheter du papier, des crayons ou d'autres fournitures nécessaires à la réalisation de mes livres. Alors, je fais des petits boulots pour ma mère, quitte à sacrifier ma routine du samedi matin.

Le désherbage n'est pas le genre d'activité à vous attirer des ennuis (pourtant, un jour, j'ai dû lutter contre un rosier mangeur d'hommes et j'ai eu un mal de chien à l'abattre ; mais je vous raconterai ça une autre fois).

Après négociation, donc, j'ai accepté la mission. Maman m'a remis le seau et les gants de jardinage, et je suis sorti.

Mais à peine avais-je mis le pied dehors que j'ai entendu des bruits étranges du côté de mon abri. Quelqu'un ou quelque chose produisait une sorte de froissement à l'intérieur du QGRC !

Maman et papa étaient occupés à ranger le garage ; ils ne pouvaient donc pas être en train de rompre le pacte interdisant aux adultes d'entrer dans mon repaire.

Je me suis approché de l'abri à pas de loup. J'ai collé mon nez contre la petite fenêtre poussiéreuse,

j'ai scruté l'intérieur et j'ai compris l'origine du froissement.

Tous mes papiers, mes classeurs et mes livres volaient dans la pièce, comme s'ils avaient été pris dans une mini-tornade !

J'ai d'abord pensé que mon QGRC était hanté. Les méchants fantômes aiment bien mettre la pagaille dans les affaires des hommes. Mais les fantômes n'ont pas l'habitude de sortir en plein jour, alors ce devait être autre chose.

En regardant plus attentivement, j'ai distingué une petite ombre noire qui sautait d'une étagère à l'autre, en extrayait mes dossiers, les ouvrait et en éparpillait les pages dans les airs. J'en ai aperçu une deuxième, puis une troisième. Je n'ai pas réussi à voir ce que c'était, mais j'ai su qu'il fallait que j'entre avant qu'elles ne détruisent tout mon travail. Je me suis précipité sur la porte et l'ai ouverte brusquement, de façon à surprendre les créatures en pleine action.

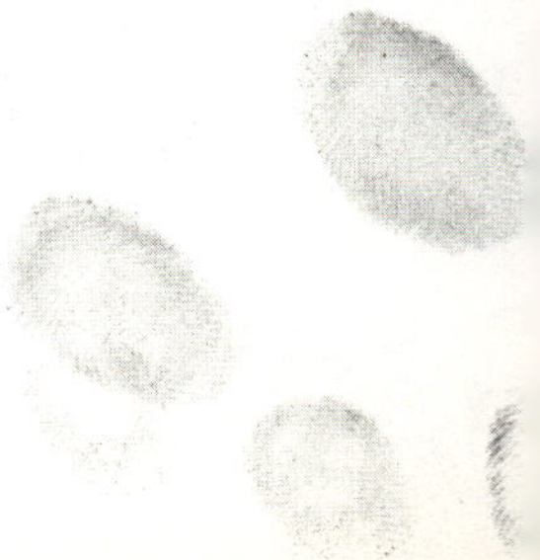

D'une certaine manière, ça a marché, parce que l'abri est devenu silencieux ; seules quelques feuilles ont continué à voleter vers le sol. Il n'y avait plus aucun signe de ce qui avait causé ces dégâts.

Je suis entré prudemment, scrutant l'obscurité.

– Y a quelqu'un ? ai-je hasardé.

– Tirons-nous, les gars ! s'est alors écriée une petite voix bourrue.

Et une douzaine de petites silhouettes ont bondi de leurs douze petites cachettes pour me filer entre les jambes en direction de la sortie.

Heureusement, je n'avais pas lâché la poignée et j'ai réussi à claquer la porte pour les empêcher de s'enfuir. Une douzaine de petits jappements ont suivi une douzaine de petits bruits sourds ; les créatures s'étaient écrasées contre la porte et étaient tombées au sol, les unes sur les autres. Baissant les yeux, j'ai découvert douze petits hommes verts qui juraient et agitaient leurs petits poings verts dans ma direction.

DES GNOMES !

Ils avaient la taille d'un crayon à moitié mordillé. Tous avaient une peau rêche et verte, des cheveux gris ébouriffés et des barbes grises ébouriffées. Tous sauf un, qui avait seulement une moustache grise ébouriffée qui remontait le long de ses joues jusqu'à ses oreilles.

Je les observais, bouche bée. Eux me fixaient avec un air furieux. Le moustachu tapait du pied sur le sol ; il semblait s'impatienter. Sauriez-vous comment réagir face à des gnomes qui viennent de saccager votre QG ?

Moi, j'ai dit la première chose qui m'a traversé l'esprit :

– Vous êtes des gnomes !

Ils n'ont pas répondu.

– De vrais gnomes ! ai-je insisté en me penchant au-dessus d'eux.

C'était la première fois que j'en voyais. J'ai tendu le doigt pour en toucher un, histoire d'être sûr qu'ils étaient bien réels.

NE FAITES JAMAIS ÇA À UN GNOME !

Il a essayé de me mordre avec ses petites dents acérées et il a fait un trou dans mon gant de jardinage.

– Hé ! ai-je crié. Ce n'est pas la peine de mordre ! Je ne vous veux aucun mal.

– Alors, laisse-nous partir ! a exigé le gnome moustachu, qui semblait être le chef.

– Pas avant que vous m'ayez expliqué

ce que vous faites dans mon abri ! ai-je rétorqué en regardant mes papiers éparpillés partout, et en me demandant combien de temps il me faudrait pour tout remettre en ordre.

Une onde de haussements d'épaules a balayé le petit groupe, et tous se sont tournés vers le moustachu (incontestablement leur chef). Ce dernier se balançait maintenant d'un pied sur l'autre, mal à l'aise.

– Alors ? ai-je insisté.

– Hum…, a fait le chef des gnomes en fixant le sol, penaud. On s'ennuyait…

– Vous vous ennuyiez ?! me suis-je exclamé.

J'ai aussitôt regretté d'avoir élevé la voix, car les gnomes ont bondi en arrière. J'ai répété calmement :

– Vous vous ennuyiez ?

Le chef des gnomes s'est avancé avec le même geste que les petits enfants quand ils veulent qu'on les prenne dans les bras.

Je l'ai attrapé et l'ai levé au niveau de mes yeux.

– Ce n'est pas notre faute, a-t-il dit en faisant les cent pas dans ma main. C'est juste que nous avons beaucoup d'énergie pour notre taille et que, parfois, nous sommes un peu trop enthousiastes.

– Mais qu'êtes-vous venus faire dans mon QG ? ai-je demandé.

– Nous allons d'abri en abri à la recherche d'un vieux poste de télévision. La plupart des gens entreposent de vieux objets dans leurs cabanes de jardin et les oublient. C'est là que nous récupérons nos affaires – butin à risque zéro. Ton abri était le dernier de la rue et on en avait un peu marre.

– Pourquoi cherchez-vous une télévision ?

– La télévision est notre loisir préféré, a répondu le chef. Seulement, nous sommes obligés d'attendre la nuit, quand les gens sont couchés, pour la regarder. C'est beaucoup trop risqué d'entrer dans les maisons pendant la journée. C'est pourquoi nous avons décidé de trouver notre propre télé.

– Vous regardez nos télévisions quand nous dormons ?

– Nous entrons par les boîtes aux lettres et nous regardons les films d'horreur qui passent au milieu de la nuit, a-t-il expliqué avec un large sourire.

Les autres ont commencé à sautiller d'excitation en psalmodiant :

– Une télé ! Une télé ! Une télé !

Ces gars-là étaient vraiment des fans de télévision !

J'ai songé aux émissions du samedi matin que j'étais en train de rater et au désherbage que j'étais censé faire. Puis j'ai regardé mes gnomes-tout-pleins-d'énergie et j'ai eu une idée lumineuse.

– Je vous propose un marché, ai-je déclaré.

Le marché était le suivant : les gnomes pourraient regarder la télé chez moi jusqu'à la fin des programmes pour la jeunesse. En échange, ils m'aideraient ensuite à terminer mon jardinage avant que mes parents aient fini de ranger le garage.

J'ai reposé le moustachu à côté de ses compères. Ils ont formé un cercle pour se concerter et se sont mis à chuchoter. Finalement, le chef a acquiescé d'un signe de la tête et m'a tendu la main.

Je me suis accroupi pour la lui

serrer afin de sceller notre pacte. Puis j'ai conduit les petits hommes verts dans la maison.

C'est là que mes problèmes ont commencé, devez-vous penser.

Eh bien, non.

J'avoue que laisser un groupe de gnomes hyperactifs entrer dans le salon n'est pas l'idée la plus intelligente que j'aie eue, surtout avec papa et maman dans le garage, à deux pièces de là. D'accord, ils se sont excités devant les dessins animés, mais, à part se balancer à l'abat-jour, utiliser le canapé comme un trampoline et faire pipi dans les pots de fleurs, ils se sont bien tenus.

Du coup, vous devez vous dire que mes problèmes ont commencé à la fin des programmes télé, quand les gnomes ont dû se mettre au travail. J'ai bien songé qu'ils pouvaient ficher le camp et disparaître. Pourtant, quand nous sommes sortis, ils se sont mis à bondir dans tous les sens avec enthousiasme, attendant que je leur dise quoi faire.

Les gnomes ont décidément beaucoup d'énergie !

– Nous allons désherber ce jardin, ai-je annoncé en posant le seau vide sur le sol.

Les gnomes ont observé le seau en se grattant la tête. Ils semblaient perdus.

– Que signifie « désherber le jardin » ? a demandé leur chef.

J'ai désigné les plates-bandes :

– Ça signifie qu'il faut arracher les mauvaises herbes afin que les bonnes plantes puissent pousser correctement.

J'étais content d'avoir réussi à résumer les choses aussi clairement.

– Nous pouvons nous charger de ça, pas de problème, a décrété le chef des gnomes.

Il a sifflé dans ses doigts, et les autres se sont rangés en ligne devant lui.

– Vous avez entendu, les gars ? Au travail !

Les gnomes ont secoué la tête avec docilité et se sont précipités dans les plates-bandes, traînant le seau derrière eux.

– Ce sera fait en quelques minutes, a précisé leur chef, confiant, en suivant le mouvement pour superviser le travail.

N'ayant rien d'autre à faire, j'ai décidé de m'attaquer au bazar qui régnait dans mon QG. Comme je pouvais entendre les gnomes souffler et ahaner, et le moustachu leur

crier ses instructions, je n'ai pas hésité à les laisser seuls.

C'est LÀ que mes ennuis ont commencé !

Je venais de terminer de ranger la cabane, quand j'ai entendu frapper à la porte. Les gnomes m'attendaient dehors, manifestement satisfaits. Leur chef m'a montré le seau de mauvaises herbes et j'ai failli hurler.

Il était plein de fleurs mutilées !

Un creux dans l'estomac, je suis sorti de mon abri, et là – horreur ! j'ai découvert le jardin.

Les plates-bandes de maman n'avaient plus une fleur ; tous les arbustes et les buissons avaient été déracinés et jetés sur le tas de compost.

Tas de compost puant

– Qu'avez-vous fait ? ai-je gémi, le souffle coupé.

– Nous avons arraché toutes les plantes inutiles du jardin, a fièrement répondu le chef des gnomes.

Les autres me souriaient en hochant la tête.

– Mais ce ne sont pas des mauvaises herbes ! Vous avez arraché les fleurs de ma mère !

Non seulement les mauvaises herbes étaient restées dans les plates-bandes, mais elles avaient été taillées, arrosées et soigneusement alignées.

Jardin dévasté

Le chef des gnomes s'est gratté le crâne en fronçant les sourcils :

– Oh…, pourtant tu nous avais dit d'arracher toutes les plantes inutiles, et les fleurs sont totalement inutiles.

– Hein ? ai-je fait, toujours sous le choc.

– Eh bien, on ne peut pas manger les fleurs, ni s'en faire des vêtements. Et, pire que tout, elles sentent vraiment mauvais. Alors, on a laissé de délicieux pissenlits, de la mousse bien moelleuse, des orties pour jouer à « La balle qui pique », et toutes les plantes sauvages que…

Ses yeux se sont agrandis : il venait de comprendre l'ampleur de sa bêtise.

– … que les humains considèrent comme des mauvaises herbes.

Les gnomes avaient l'air sincèrement désolés. Pas autant que moi : toutes les fleurs et les plantes de ma mère étaient arrachées et entassées sur le tas de compost puant ! Et, comme un malheur n'arrive jamais seul, c'est le moment qu'a choisi ma mère, justement, pour apparaître avec une assiette de sandwichs et un verre de limonade.

Elle a regardé son jardin. Sa mâchoire est tombée, ainsi que le soda et les sandwichs, sur l'herbe, à ses pieds.

Pendant un instant, elle est restée paralysée, et je me suis aperçu que les gnomes en avaient profité pour filer. J'aurais aimé disparaître, moi aussi, mais je savais que je devais rester et affronter la colère de ma mère.

– QU'AS-TU FAIT À MES BELLES FLEURS ? a-t-elle hurlé, titubant jusqu'au tas de compost.

Elle a pris une rose déjà fanée et l'a contemplée tristement.

– Mais ce n'est pas moi, c'est…

Je me suis arrêté. De quoi aurais-je l'air si je disais la vérité ? Et, même si c'était la vérité, tout était de ma faute, parce que j'aurais dû m'occuper moi-même du désherbage. Je me suis contenté d'ouvrir la bouche bêtement.

– Alors ? a demandé ma mère.

– C'est Groschat, ai-je dit en pointant le doigt sur notre gros flemmard de chat qui prenait un bain de soleil au milieu de la pelouse.

Groschat a ouvert un œil, il a craché dans ma direction, puis il s'est rendormi. Même lui savait que ma mère ne croirait pas ça : il ne pouvait pas avoir détruit le jardin, puisqu'il ne fait jamais rien.

Ma mère était trop furieuse pour me sermonner à propos de mon mensonge. Elle m'a envoyé dans ma chambre et m'a privé de QGRC jusqu'à ce que j'aie remplacé toutes ses fleurs avec mon argent de poche. Je suppose que me faire payer pour les dégâts était juste ; mais m'interdire d'aller dans mon repaire d'écrivain était la pire punition qu'on puisse imaginer.

Le lendemain matin, c'est la voix de ma mère qui m'a réveillé. Elle m'appelait depuis le jardin et j'ai pensé qu'elle allait encore me gronder ou m'obliger à remettre de l'ordre dans ses plantations. Mais, quand je suis descendu, en pyjama, j'ai découvert un spectacle incroyable !

Les plates-bandes débordaient de fleurs ! Il y en avait plus que maman en avait jamais planté ! Et toutes les vraies mauvaises herbes avaient été arrachées !

– Comment est-ce possible ? ai-je demandé en écarquillant les yeux.

Ma mère était folle de joie devant son jardin redevenu merveilleux.

Elle m'a attrapé et m'a collé un énorme baiser sur la joue.

– Merci, mon ange. Je ne sais pas comment tu t'y es pris, mais tu rends ta mère très heureuse.

– Mais…, ai-je bafouillé, impuissant.

– Vraiment très heureuse, a-t-elle insisté.

Puis elle est rentrée à l'intérieur, avant que j'aie pu ajouter quoi que ce soit.

Ma mère agit comme ça, quelquefois, quand elle préfère ignorer une chose qui risquerait de gâcher sa bonne humeur.

Bien sûr, elle n'avait pas remarqué les petites traces de pas boueux sur la terrasse,

ni les plates-bandes du voisinage qui avaient toutes subi une cure d'amaigrissement. Elle s'est bien demandé pourquoi les plantes en pot du salon s'étaient soudain flétries, mais je ne pense pas qu'elle m'aurait cru si je le lui avais expliqué… Alors, pour une fois, je n'ai rien dit, et ma mère est restée heureuse.

Comme ma punition était levée, j'ai filé au QGRC pour commencer à écrire cette histoire et j'ai trouvé un petit mot sur mon bureau. Un tout petit mot qui disait :

## RAPPORT D'AVENTURE INCROYABLE (MAIS VRAIE) N° 1

DOCUMENT OFFICIEL

**NOM :** Mlle Brown (ou le robot dame de service).

**ÂGE :** Quelques semaines à peine, depuis que Mme Winter a fini de la construire.

**POIDS :** Aussi lourde qu'une voiture (donc, très lourde).

**COMMENT REPÉRER UN ROBOT :** Il est en métal, sa tête fait **CLANG !** quand on tape dessus et, parfois, se détache de son corps.

**COMMENTAIRE** Je suppose qu'il existe de nombreuses sortes de robots. Mlle Brown n'est pas trop mal depuis qu'elle sait faire les frites. Mais elle était assez insupportab[le] quand elle ne cuisinait que du chou. D'ailleurs, c'est le chou qui l'a rendue cinglée.
Conclusion : les robots et le chou ne font pas bon ménage

RC ÉDITIONS

## RAPPORT D'AVENTURE INCROYABLE (MAIS VRAIE) N° 2

**NOM** : Gnomes de jardin (je ne connais pas leurs prénoms).

**ÂGE** : Ils ont probablement des âges différents.

**POIDS** : Aussi lourds qu'un paquet de chips (donc, très légers).

**COMMENT REPÉRER DES GNOMES** : Ce n'est pas facile... car ils sont petits. Cherchez d'abord un ÉNORME BAZAR, et vous apercevrez probablement quelques gnomes qui en seront à l'origine.

**COMMENTAIRE** : Ne contractez aucun pacte avec des gnomes ; vous vous retrouveriez avec un jardin dévasté, du pipi dans vos pots de fleurs, ou pire encore.
Conclusion : les gnomes confondent les pots de fleurs et les pots de chambre.

RC
ÉDITIONS

Toi qui viens de lire
deux de mes incroyables aventures,
je sais ce que tu penses :
« Ce Rémi Clafoutis est merveilleux !
Ses histoires sont trop marrantes,
ses dessins sont géniaux...
Et quelle imagination débordante ! »

**MAIS PUISQUE JE TE DIS QUE JE N'AI RIEN INVENTÉ !!!**

Si tu lis mes autres livres, tu finiras bien par comprendre que ce que je raconte est

**LA PURE VÉRITÉ...**

Tome 2

Si tu as envie de nous donner
tes impressions sur la série
ou de nous parler de robots, de gnomes,
d'autres créatures, de chou
et/ou de frites,
n'hésite pas à nous écrire !

N'oublie pas de nous donner
ton nom et ton adresse !